ビューグルがなる

篠崎フクシ

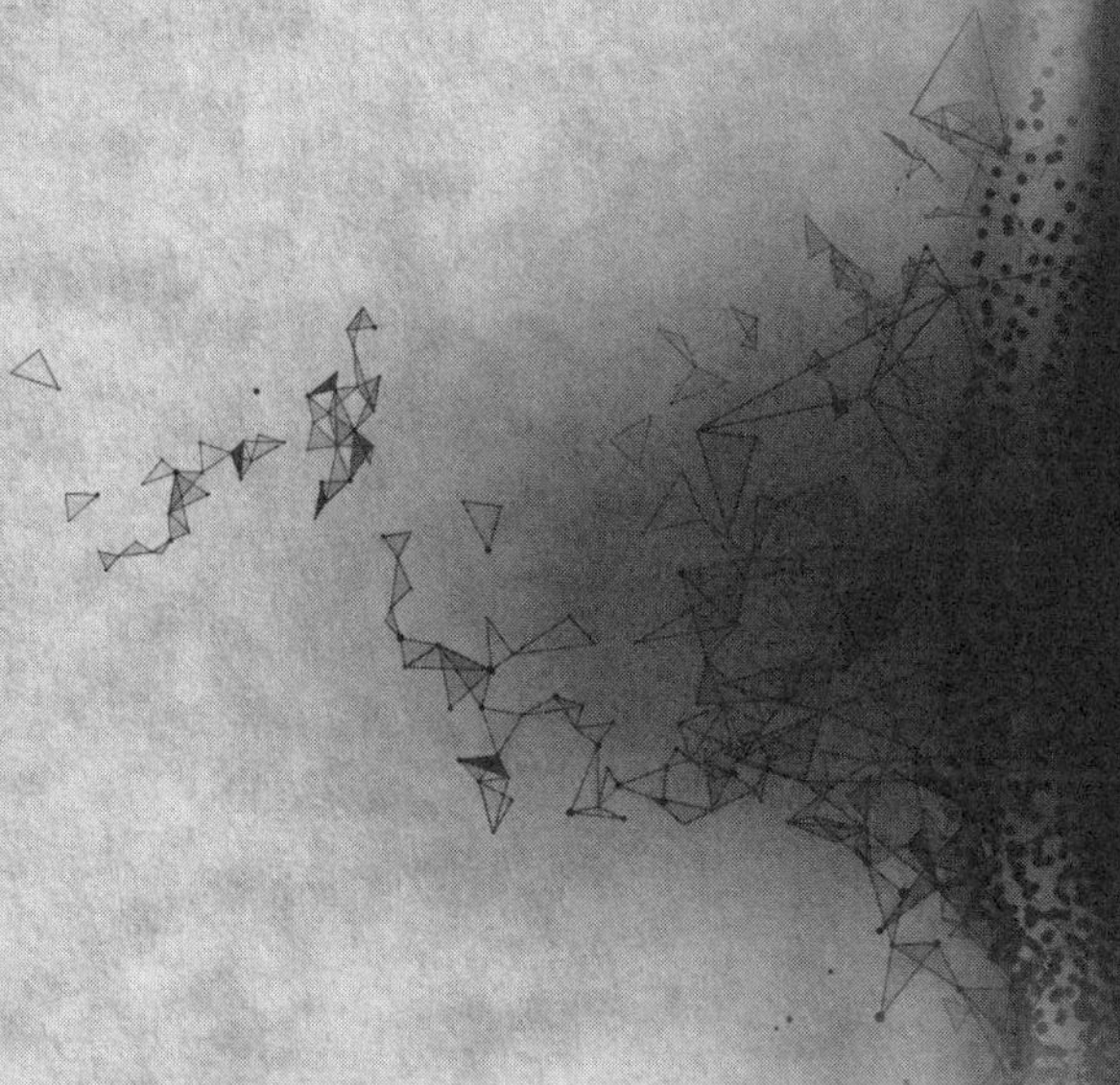

詩集　ビューグルがなる

天文百景

蛇口を捻ると流れでる、ほしに似たひかりは
何億光年もの遠くで疼く、水素原子のように
幸福なで逢いをまち侘びて、ただよいさ迷い
ときどき咆哮などをして、ぼくのての平で戯ぶ

天文百景、それは、一滴のみずのうちに
天文百景、それは、一粒のなみだの縁に

真鍮の蛇口をいつぶし、柔らかな地金を捏ね
誕れたてのアストロラーベを、夜空にかざす
回転するリートと座標、月、恒星、惑星の輪
ケプラーの予言はきみの聖なる祈りに結びつく

天文百景、それは、航海士の束の間の夢
天文百景、それは、占星術師の深い溜息

かさなりあう円盤が土に還るとき、空は翳り
人びとのま蓋に、雪のようなひかりを降らす
人新世のうみが、日々の蛇口から零るように
凧のようなひかりが、きみの頬を撫でるだろう

うみは透明な、肥沃なるゆうきぶつの杯
うみは、傷ぐちの皮膚をふくらませ唸り
経済ごうり主義とお濁のはてには裂する
すべてはつながるひとつのいのちなのに

天文百景、それは、大地のみたまぼろし
天文百景、あ、それはね

目次

詩集　ビューグルがなる

I

暁雨

アリッサムの葉が濡れているのか
明け方、雨声で目醒めると、じんわり肺胞から
滲みだす怒りと無力感がのどを焼き
磨りガラスの窓から射しこむのは　幽《かすか》な光
アリッサムの葉は濡れているのか

嘲笑の雨でおまえの髪は濡れる
怒りはたったひとりの体験である、にもかかわらず
それはごく身近な他者へとさしむけられ

勘違いと不発弾の環状列石は
力をもつ者らの言葉に似る
ネクタイを締めるたび
醜いかな、いっそう降りつづく嘲笑の雨で
おまえの髪は濡れそぼつ

　暁ノ雨、白線ノ内側ニ足踏ミシ
　暁ノ雨、少シ先ノ通勤電車、揺レル

媚びへつらう舌の根は渇かぬ
無力感が破滅をのぞむのは、深夜のアルコオルの
焦げた匂いと
強迫的にたち現れる白い眼のせいだ
整列する、隣の女のスリットから目を逸らし

頭を掻きむしると空のカケラが落ちて
あゝ　媚びへつらう舌の根は
渇かぬままねじれ

腕にはめる時計の針は雨音の伴奏で泣く
天井のシミを数え、神の似姿に怯え
おまえは怒りと無力感に打ちひしがれ
さっきまで身悶えしていたはずだ
皮膚は、車窓にぶつかる水滴と
これから向かう戦場との乖離におののき
みるみる荒地へとかわりゆく
時計の針は雨音の伴奏でつよく泣くのに
傘なんて、いらない

ききとる耳

1　記憶硝子

三月十日の朝

耳の不自由なおんなが、部屋に転がりこんできた。粗末な服を着て素足のままで、脇には一枚の硝子板を抱えていた。何を訊いても返事がなかったので、そのまま置き去りにして仕事に行くことにした

通勤電車に揺られながら、新調したばかりのスーツのポケットに手を突っこみ、手のひらサイズの硝子板を取り

出した。ふと、今朝転がりこんできたおんなの、硝子板
と似ているような気がした

世界は虚仮
骨髄液の凍結
腐乱する魔方陣の中心

ニンゲンの行動がすべて記録され、起こるかも知れない
明日の出来事を、何だって予測変換し、検索してしまう
硝子板を、いつしか記憶硝子と呼んでいた
残業せずに仕事から帰ると、おんなは腐乱死体になって
いることもなく、記憶硝子の前にいた

警察を呼ぼうかと

思案しているうちに、突然部屋がグラグラと揺れた
大型トラックが部屋の前を通り過ぎたのだ

おんなの硝子板には
何年か前の動画が映し出され
ニンゲンや家屋が水に流されている
ああ、明日は月命日か、と
喉まで出かかったが
すぐに声を飲みこんだ
おんなは爪を噛んで泣いていたからだ

記憶硝子の小さなヒビ割れに
原子力発電所の白煙が吸いこまれていき
薄暗い部屋の沈黙に耳を澄ませば

ブルーライトに瞳を照らされるおんなが
小さく言うのだ
「お父さん」

2　オモワヌ一撃

砂ノ丘　時ヲ止メタ波浪ノ縁ニ立ツ
遠クデ　空ト海ノ境界線ガ白濁スル
　波音ハ　ザッザッシャララ　ら
砂音ハ　サラサラサラララ　ん
太陽ハ　ソノ黒点ノ付近ヲ爆発セシメ
　虫ノ鳴クヤウナ声デ　じ　リリリ

掌ヲ庇ニシテ　ソノ繋ガリニ眼ヲ凝ラス
砂ノ丘カラノゾム事象ノ地平ガ目玉ヲ焼　く
地球トイフ目玉ガ遥カ彼方ノ暗闇ヲ見凝　め

　グル　んグル　んト回転シテ
　マブタヲ　閉ジル

洗濯日和ノ朝ノ縁側ノ露ノ匂ヒ
パタパタパタ　ト　竿ニ白手拭イ靡ク
ノハ　一日ノ心臓ノ　りずむ
　とくとくとくとくとっとっ　ト
　どくどくどくどくどっどっ　ド
香草ニ群ガル　虫タチノ楽園ノ
ナント　ニンゲンラシクナキコトカ

ニンゲンラシク泣クノハ　誰？
　しくしくしくしくしゃっしゃっ　シャ
　ええええええええ　あ　い　う　ノ　嗚咽

掌ヲ庇ニシテ　ソノ繋ガリニ眼ヲ凝ラス
縁側カラノゾム　世界ノ地平ガ目玉ヲ焼　く
地球トイフ目玉ガ遥カ彼方ノ暗闇ヲ見凝　め
痙攣スル
「オ母サン　オ父サン」

大地ノオモワヌ一撃

時ノ崩落

1　時ノ崩落

太陽ガ、内緒ニシテイルコト
アナタハ無垢ナ子ドモヲ扱ウヨウニ
優シイ眼差シデマモッテクレル
デモ太陽ハ、ホントウハ
悪イ子ドモナノデス
脳《イマージュ》ノ縁デ、人ヲタクサン殺スノデス
思イツク限リ、残忍ナヤリ方デ

タクサンノ人ヲ殺スノデス
幸セノ想《イマージュ》ノ隙間デハ　憎ラシイ誰カヲ

ネエ
太陽ハ、アナタノ思ウヨウナ無垢ナ子ドモデハ
アリマセン

長崎ノ夏ハ過ギユキ
流星群ハ、アンナニ美シク笑ウノニ
堅固ナ構築物《カテドラル》、〈時〉ノ天井ハ、大地ノ怒リ
トトモニ崩落スル
「底などありゃしません」
前モ後ロモナイ、〈イマ〉ノ砦ノ内部ニテ
太陽ハ時ノ骸《ムクロ》ヲ抱キ上ゲル

Kyrie eleison　黒衣ノ聖歌隊ハ唄フ

祈リノ歌ハ珊瑚ノ涙ホドニ尊イノニ
アナタノ手ハ、イマモ太陽ヲ縛リツケル
ソレハ、何故デスカ?

2　夏を弔う

日焼けがひりひりするものだから、軟膏を買いに、街へ出掛ける、盛夏。狭い路地から視界がひらける。すると、見馴れているはずの薬舗《みせ》は、大型のドラッグストアに様変わりしていて。薬の供給はそのままなのに、まるで他人の貌《かお》だ。不在を予感しながら、レジでアルバイトをしている、あなたをさがす。いつもの合図、ポケットのジャリ銭を鳴らし

ひりひりと火傷のような痛みが
蟬の鳴く声とともに、膨らんで

背後で自動扉がひらくと、小さな影がさすそうだ、たしかにあの日、あなたはそっと肩に触れ、裏の駐車場に親指を向けたのだ。じりじり、夏は生まれたばかりだった。ふたりは煙草を燻らせ、学校でのこと、将来のこと、家族のことをひと頻り話し、蟬の抜け殻を踏

んだ。ぱりぱりと、踏んだ。別れ際、あなたはシガレットケースを差出し、「最後の一本が終わったら、私のことはすべて忘れて」と言った。玉手箱かよ、と俺は笑い卒業までのあいだ、時々河川敷で寝そべって、いびつな雲を追いかけた。「玉手箱」がカラになるまで、紫煙を空に編みこんだ。昔噺のような奇跡など、ついに起こるはずもなくあれから、数えきれぬほどの夏を弔った。東の大国は死に、西の大国は無数の爆弾を落とし、足元は震災やら何やらの果てに荒んでゆき。俺は生き残った。あなたの行方は知れず、仲間の何人かは謎の死を遂げているのに、老いることなく生きつづけている

瓦礫のうえには針を止めた時計がひとつ
あの時、玉手箱を開けなければ……

輪廻の皮膚をひりひりさせながら、
今朝もひとり、夏を弔う

3　Cathédrale

蟻の隊列は〈言葉の塔〉の影に
それは　西洋の教会を模した塔
北風に煽られ　喉笛を鳴らし　揺れ

ステンドグラスは　酸化クロムの緑を欠き
朱と青が金に支配されている

〈魂〉はどこだ　と

野盗の眼を嘘で遮蔽し
神なき祭壇からは切断され
在る　ことから逃げつづけていた
〈未完の言葉〉は虚構の cathédrale

時の崩落は小さな罠に似る
まっすぐすすむ路《とき》には虚ろな陥穽があり
落ちこめば永遠の cathédrale ／虚像に堕すのだ
だから　生を持続させよ　と死者たちの聲

生に首肯するならば　瓦礫を拾いあげよ
時を刻む　塔の上の砂時計を砕け
生を持続させる
時と言葉は薄明に誕まれかわるだろう

影を失ったとしても　蟻の隊列はすすむ
無数の遺影を抱いて　蟻の葬列はすすむ

摂氏三十六・五度

月が上弦を終わらせぬうちに

快適な室温の楽園では幾何学模様の人々
が、三角フラスコに、百㎖の湯を注ぎ、
セルシウスのごとく神妙に、朱色の棒線
を観察する

冷笑の楽園では、受肉された容器たちが、
サーモメーターを腋にさし、熱の変化に

おそれを抱きながら、恒常性ゆえの宿痾を嘆く

熱平衡の三角フラスコ的な、刹那の数式が、主体／熱源を暴きだす。内的宇宙と外的宇宙の戯れ

責任をせおう私の、心臓にからみつく、言葉だけが、内海《うちつうみ》をはかる装置なのだ
　気づいているのだろう？
熱の起源について、あえて語ろうとするからこそ、倫理は、光のようにうまれることを。月満ちるには、あとどれだけの詩を要するか。上弦は、予言の兆し

やがて
熱の起源は、視えぬまま遠ざかる
摂氏三十六・五度の平熱／均衡が
静かに崩れゆくというのに

うみひとつ

おちる翳
ひとのかたちを剝ぎとれば
喉が紙のように渇くから、うみがみたい
と空に舞う

そうか、翳よ
うみの街にそだてられ
舟の舳先で凪いだ無辺をみつめている
終ぞ、あさき夢からさめぬまま

りょう腕ひろげ、あゝ　知多のふゆの
湾いっぱいに、うみとひとといのちを繋ぎ
しめった雪、オフホワイトの雲
ごむ合羽をこしょこしょいわせ、綱にそだつ
黒いぬるぬるを、ひっぱり揚げてはつばをのむ
翳は、宇宙にひろがる記憶となりて、いま

　うみひとつ、うみひとつ
　うみおとされる翳ひとつ
　うみひとつ、うみひとつ

時ながれ、石の樹林にうだる翳
ひらりといちまい舞いおりて

喉がひりひり痛むから、うみにかえる
と、ないている

そうか、翳よ
うみの街の光波標識からうまれ
舟の舳先に足をかけ
時化のいまに倦んでいる
夕暮れどきの水平線に、
汽笛がなるのをまっている

　うみひとつ

眼いっぱいにうかぶうみは
いまでもいのちを繋ぐだろうか

II

ビューグルがなる

翼もぎりが流行りらしい
何処にも往けぬネクタイ姿の男は
群衆に紛れる黒点にすぎない
――此世のすべてに沈黙する、鴉
喇叭《ビューグル》がなる

有翼の女は、濁世の傷を俯瞰する
痛みとは、交感《シンパシー》の砦だから
彼／彼女には共通の言語《ビジョン》が誕まれるのだ

そう、傷の拡張は電子の所為ばかりとは言えない

街頭ではファシストが拡声器でがなりたて
知らない国の知らない人々をなじっている
千切れたチラシは雨に濡れ路面に貼りつき
有翼と沈黙の二人をじっと見上げては嗤う
もぎりは首を絞めるネクタイのほころびと
兆しの片鱗すら簒奪する内なる監視塔の眼

巷じゃ翼もぎりが流行りらしいが
俺は生涯一度だけ沈黙の鴉を脱ぎ
内なる美醜をさらけだそう

あゝ　膨らんでは遠ざかる

喇叭《ビューグル》がなる

ベッドで翼をたたむ女の、七色のネイル
狩人の脅しに戯けてみせるけど
命乞いなどするものか

——霧の街、道化の頬には泪のあと
鴉の裂けた腹からは、一輪の薔薇が天を指す
月隠れ、えたいの知れぬ鉄鎖をならし
彼／彼女は、存在の儚さのうちにやがて
痛みとそうでないものとの、あわいを撃つ

かかとの響き

髪を梳かす朝、蒼白い鏡像の
ふるえる輪郭を葬るつもりだった
櫛の歯に絡まる黒い一本の繊維は
生き物の匂いがして
あなたの歯に触れたブラシは濡れている

　サンザメク秋ノ　虫ノ音ニシズム

薄荷の水はあなたの暗闇で泡を立て

嗚咽とともに吐き出された筈だ
濡れ光る朱い脣は、混濁の調べ
俺はその宇宙に、ひそかに溺れ
あなたの内海の聲を掬おうと
サクソフォーンの音量《おと》を絞り
ふたたび朝を迎えたことの奇蹟をなぞる

車輪ニ轢カレタ　虫タチノアワレ

葬るつもりだった内なる輪郭と
かたちを与える同調への輪舞と
よりはげしく痛む臓器の傷跡と
あらがえぬ無力さへのわずかな　矜持

そのすべては混濁の光
／明けの明星《ルシフェル》

扉を閉める鍵の音に怯えながら
濡れた路面に映える百日紅の朱い花弁を
ふみつけ　ふみつけ
刻の軋みと引き換えに
はじまりの駅へと急ぐ、かかとの響き

眩しげな窓に

洗濯鋏をひとつ、落とす

ベランダの冷えた床に夏の名残がひとつ
　乾涸びたブラックベリーは東雲の
地軸にひそむ謎を、問うこともなく
わずかに湿るワイシャツが、ふわり揺れ
ゆびさきは、生活をなぞり
うつろな季節に彩りを添える
　露に濡れるブラックベリーは東雲の

言葉少なに語る夢、空に泳ぐ魚のような
それは、余白に刻むためらい傷に似て
衣文掛《ハンガー》の影はやがて、床に細く延びる
　街道の胎動は、残月の
夜ノ終ワリヲ告ゲル、内燃機関ノ痙攣ト、
駅ヘツヅク跫音《あおと》ノ響キハ
　　　まったき朝を構成する

洗濯鋏をひとつ、拾う

「その日の東京は、まるで森に迷いこんだよ
うな霧に覆われていて、減速する武蔵野線は、
夢のなかへと潜ってゆくのでした」

君の言葉に我にかえり
白墨に染まるゆびさきとめて
いまも、眩しげな教室の窓に
干し忘れた洗濯物をさがしている

雨《きみ》のゆびさき

庭の煉瓦を黒く染める
音もなく降るきみを
雨、と呼ぶけれど

きみは僕のうちでじいと、
〈その日〉を俟つてゐる

寝床で天井を凝視めたまゝの眼球は潤み
時計の秒針だけが、日常への回帰を催《せきたて》

雨、は冬のあさに到来する

きみは僕の焦慮に掌をあて
〈その刻〉を俟てと云ふ

冬に雨を連れて、武蔵野線に乗ったのは
黯い隧道《トンネル》の向こうまで、ずうと敷かれた
赤錆びたレェルを、見て欲しかったから

きみはうなだれる僕をみて
〈今だ〉と肘で合図する

鉄の箱が、ガタゴト軋む音を発てながら
光の街に飛びだしてゆくのが、判かった

命の結晶が方々に煌めいて、眩しいほど
気づくと／隣の少女はまどろみのなかで

雨は、消えてしまった
時雨の季節がめぐるたび

また逢えるだろうか／そっと背に触れる
雨《きみ》のゆびさきの　——忘れえぬ、冷たさ

灯リヲ俟ツ

湿り気のある朽葉をふめば、そう
蹠《あしうら》にまとわりつく、冬の雨の残響が

——灯リハ、未ダ眠リノ底

林道の泥濘みを跨ぎ、柔らかな土塊
に呼吸をすれば、堆肥のやうな匂ひ
がして、夕日の痕をかみしめる

——灯リハ、夜ニ分ケ入ル

鏡面に浮かぶ葉の赫は、昼とは別の
波長を着て、月なき道に理由を訊け
ば、諦めのやうな条件等色《メタメリズム》

——灯リハ、記憶ヲ照ラシ

（ことばの茎と茎を編んで輪にする
と、きみは頰を緩ませ僕の頭にのせ
たのです。僕は少し恥づかしかつた
ので、花冠《わっか》をみ空に掛けました）

——太陽、ガス灯、記憶ノ底デ

死シテハ再ビ、生マレル光

失つた筈の世界にも、いくばくかの
燭光が燈り、背筋をのばす刻がくる
これからも、小鳥は囀り地はゆれる
だから僕は、今日といふ名の昔日を
魚のやうに泳ぎ、喘ぎ、灯リヲ俟ツ

コーリング

海辺に打ちあげられた
小瓶のかけら

碧い水に囲繞された土塊《つちくれ》
忘却にしずむ　山頂の旗
忿怒に明け暮れる路面の　ゆがみ

だれの便りだろうか

斃れた人の　背をふみ
忘れられぬ　歴史すら改竄し
屍者の墓をあばく　鵺のやから
とこしえの　わが身の偏愛か

だれのものでもない海の記憶に
つま先ひたし

拡声器などいらない
声音のほんとうを信じることで
ともにうみそだてることを誓いあう

——天使が呼んでいる

地鳴りのような
たったひとりのため息
柔らかな絹の白さ

だれのものでもない海　凪いで

嗚呼／呼吸

白木蓮《マグノリア》の花びらが
なめらかに　天をあおぐ
そっと触れて　息を吸うと
ころころ　光の季節がこぼれ落ち
肺のふかくを　しろく洗った
甘くて　すこし痛い　匂い

——呼吸
それは世界に触れる　せいめいの機微

吐息は　空へ　空へ
わたしという物語に
あなたが昨日くれた
死の影を貫いてゆく
貫いてゆく　あの　宿痾の果てまで

マスクを外し、無邪気な花々を愛でながら、
災厄《カタストロフ》を推しはかる。死を招く地球の種は、
慥かに蒔かれた、と嘯《うそぶ》くには、人の姿をし
た者どもを、俺はよく知らない。大地と資
本の希む荒野を。知っているのなら、感染
と繁殖の先に、何があるのか。息苦しさの
因《もと》を教えてほしい

嗚呼／呼吸は小さく
世界をまとう躰の　なんと愚かで
世界を脱げぬ躰の　なんと愛おしい

――呼吸

路地裏に落ちる汚れたマスクを
踏みつける靴たちは　なぜか饒舌で
散乱する　白木蓮の花びらを
おなじように　踏みつけていた

街、それもちいさな

りっぱな塔などいらない
ぼくにひつようなのは
街、それもちいさな
月、のうらにひっそりと
眼、にみえぬいのちとなり
ゆうぐれのきみのよこがおみたいに
銀のフレームにすくわれるのです

一枚のコインを親指で弾きあげる

うつつとの賭けはすでに成立して
いるのだ／争いに加担するか否か
を選ぶ実存のように己れのすべて
を賭ける／冬風がよるのくにで光
を喰らい、いまだうまれぬ扉が影
とともに／軌道、傾く屋根、酒場
歓楽と貞淑／そう、それはまるで
蒲公英の綿毛／弾かれた、コイン

りっぱな窓などいらない
ぼくにひつようなのは
街、それもちいさな
海、のしろいはとうのように
耳、にとどくせかいのこどくに

きみがうちふるえるのをみとどけて
金のカチューシャはずすのです

――、大切なひとのいる街で

Ⅲ

呵責の國

赤
く、熟れた　浮腫んだ手のひら
　に、罪のかさぶた
祭
の、あとに咲く　肺の花序
　が、スクリーンに
秋

に、責められて　あのひとは逝った

森

の、調律師はいまも　いまも
呵責の國の没落をまっている

かたち、という

あなたという海はまるいようでいて
水平線で切りとられた方眼紙のように
角のあるイデアの平面で
とめどなく溢れる泪に似た
不定形な鈍色の飛沫
あ、
ぴしゃりぴしゃりと泡だつ
水たまり

あなたという海はするどいようでいて
波打ちぎわでねむる貝殻が
かなでる音楽のように
さらさら　ぼくらの空をうつ
あなたは翅のはえた魚たちを
まるい背にのせ　無言でたゆたう
上昇する気流は　あなたの皮膚
するする　バスローブを脱ぐように
ぼくとあなたは脱皮する

かたち、という幻の定義《うみ》に
溺れず　泳ぐ魚たちは
サータヴァーハナの叙情詩よりも
ずっと　ずっと太古《むかし》から

知っていたのかもしれない
あ、
宇宙の小さな水たまりの
ほんのわずかな　ぼくらの生を

あなたとぼくの累なる日々を
ひとはたぶん
かたち、という

祈りの森

冷たい呼気が、あなたの膝にふれる
猛禽類のように、その皮膚はざわめき
だれか、だれか、とさがしている

「傘をさがしているのですが」
校舎の玄関で、少女が男にたずねる
男は影のないおのれを恥じて
鞄から折りたたみ傘をわたし
「はやく帰りなさい。もうすぐ雨が」

手のひらを空にむけると
目に見えない　小さな水滴が
少女のまぶたに落ちて
「だから、言ったじゃないか」
男は祈るようにつぶやき
たくさんの人に背中をおされ
森のなかに倒れこむ
するすると　栗鼠が落ち葉をふみ
耳もとをとおりすぎて
少女もあの森にかえったのか
雨音が校舎にひびいている

やわらかい光が、あなたの肩にふれる
ピアノを弾く指は、男のゆくえを

さがしている、だれか、だれか

「今朝の新聞に載っていましたね」
同僚が地方版の小さな記事をみせる
影のない男が少女の命を救ったという
「同姓同名の、知らない人ですよ」
音楽室から夜想曲がもれきこえ
「ですよね」
冗談です、
と笑う同僚は教室に入っていった

だれか、だれか
祈りの森でわたしのいのちを
さがしてください

ロイドの空

骨董屋の薄灯り
かえらぬ人をまつように
埃をかぶった蓄音機が
独り　雨の歌をうたっていた
喉は　破れてしまって
合唱ひとつ　かなわない

雨は　アルゲリッチの肖像写真を
鍵盤が沈むように湿らせるけれど

指は　折れてしまって
あなたのようには弾けません
紫陽花の葉が　今年も緑《あお》くひらいて
ひと月もすれば　窓の硝子を
薄紫に光らせるだろう

眼は　耳は　ゆきつもどりつ韻をふむ
猫や　犬や　背広の影に怯えながらも
かえらぬ人をまつように
埃をかぶって街の滅びを見届けるだろう

さあ
あなたは孤独な蓄音機で
私は言葉を知らない落人で

森に住まう赤煉瓦の骨董屋

「西洋の義眼を一つ、くださいな」
腰の曲がった老婆が　琉璃の眼を嵌めて
白濁したロイドの空に　翔びたった

五月の雨のために
こん夜は濡れてしまおう

幻の礫

からだを病んだ生きものたちが、雨に濡れる箱に吸いこまれてゆく　矩形の人工物は、かなしい目をしばたたき、ひとりびとりの味を慥かめている

蛍光灯の切れた待合室で、落ちつきのない猫が、若い女に唸り声をあげると、少し意地悪な考えがうかび、笑顔で話しかけてみようと思った　雨に濡れる箱が、そうしろ

と命じているような気がしたからだ　が、
すぐに悪戯なきもちは萎える　罪悪感に撲
たれたわけではない　そうではなく、看護
師から手わたされたKarteの謎を、雨に濡
れる箱が嗤ったからだ　雨に濡れているこ
とが免罪符であるかのように、嗤ったのだ

おまえもおなじ、落ちつきのない猫

レントゲン博士の夢は、いつしかより精密
な目によって、軟骨ののびた影に結実する
髭のドクトルは、異国の言葉で書き記るし
雨に濡れる箱のせいかもしれなかった　雨

に濡れさえしなければ、こんなにも痛みと
痺れにもだえるひつようはなかったのだ
痛みは生きもののうちがわで、月が堕ちる
ようにおののき、ときに雨に濡れる箱と結
託して、ありもしない幻の礫を撲ちつける
他者につながっていけと、うめき　うめき

ちいさなうたたね

昔日《おとこ》は或るあさ
くらい口腔から蛇の頭をはきだして
ひとさしゆびをコメカミにあて　夕
夕べのテキーラが爾今《おんな》の底をひっ搔くように
渇いた破裂音が　ゆがむ街灯のシャワーを
うち消してくれたのでは　なかった　カ
力なぞ　いきもののまぐわいにくらぶれ　バ
濁音のない　八岐でたぶれたる大蛇すら
よわひよわひとなくだらう

昔日《おとこ》は
夢なぞみやしないから
ぐるぐると己の罪にまきついて
はなれようとしない爾今《おんな》の頬に
接吻の火をともす

枯れはしない。俺の指先に籠められた弾丸は、渇いている。たしかに、査読されずに燃やされる論文は乱調だった。しかし、観想の花は、標的《ターゲット》のうつくしい唇に、萎れることなく舞っていた

噴水のような　ヴィールスと呼ばれる乱丁に
善悪などは　ありもせず

宿主《ホスト》と呼ばれる者にのみ　罪はゆるされるだろう
ほら
蛇頭は鎌で斬りおとされた　ではない　カ
カ、カ、カ、カと秒針が　ふたたび引き金《トリガー》へと誘う
——硝煙は、それでも隕石の軌道に尾をひくが
　　　　　　　　　　　　　　　　　　せつな、

昔日《おとこ》をかこむように　子らの輪舞にまるい翳
爾今《おんな》が月にたどりついた夜　ふたりは
不可視のページに　いつくしみのまなざしを
まなざしを　生命の始原へと　およがせて
もぐり　脱落したはずの一葉が
子宮《うちゅう》にやどる　ちいさなうたたね

クラウド紀行

白い立方体の、一艘の舟が、宇宙を漂っている。舟は雲《クラウド》と呼ばれ、地球という惑星から何億光年も離れた暗闇で漂っている。舟には温室があり、亜熱帯の植物たちがひしめいている。如雨露から、さいごの一滴が落ちると、魂のひとつは、種の成長を祈る。百年もすれば小さな芽がでるだろう、と別の魂が、カカオの木にもたれて呟いた。窓外には闇が広がるはずなのに、その日はなぜか晴天で、丘の上の少女が、紙飛行機をとばしていた。

それは白い乗り物で、やはり立方体なのだと、魂はぼんやり考えた。丘の上には雲が浮かび、あそぶように流れてゆく。やがて紙飛行機は少女の足もとに墜ちて、小さな家となり、百年かけて成長していった。

サイドボードには、少女を産んだ母親と父親の遺影が飾られている。魂が触れようとすると、たちまち雲が散るように、消えてしまった。

丸く碧い地球の記憶は、もはや失われつつあった。円形の窓枠におさまるだけの風景に、絵画の魅力を感じることもあったのだが——。やがて、ひび割れから酸素が漏れだすと、魂は植物を守るために、骨と肉をのぞむようになった。魂たちはたがいを塩基と呼びあうことで、百年後の再生を信じることにした。数十億年も漂っているはずなのに、ほんの一瞬さきの出来事に願いを託した。温室のバナナはまだ緑《あお》くて、白い天井に大きな葉をお辞儀させていた。魂はまぶたを閉じ、また開いてみる。瞬きに百年はかかっただろうか。窓外には海が広がり、無数のプランクトンが、大気と生命の循環をささえていた。漪《なみ》はおだやかで、水平線のむこうまで、光芒はつづいていた。夕日は大地を赫くそめ、何億光年も離れた雲《クラウド》に呼びかける。

さあ、もういいよ、かえっておいで。

溢流路

空の輸送機と平行に消えゆく
貨物列車のひびき
朝《あした》の風は　終末のにおいがして
ホーム北をさす　ウェザーコックの群れ
青にすすむ機体　尾翼にむすばれる絲
レールに　たち切られ
あゝ　いのちの溢れたさきの
ゆき場のなさに　五十一階建のビルディングは
なく　そうなのだ　泪にくれている

だから輸送機は　人工の湖に墜ちて
ばしゃんと　飛沫あげて　面《みなも》をもちあげ
堤にぶつかる波は　はねっかえり
街を水没させぬ　いにしえの遺志が
枯れた溢流路《いつりゅうろ》を湿らせてゆく
一段いちだん　慎重なそれは
そうか　だれかの帰りをまっている

校舎から正門へとつづく　紺色のみちは
溢の流れの　ほそい　いのちのくだ
背負った業の　亡き骸でもあり
窓のそとでは　あたらしい輸送機が　鰯のようで
教師の眼は夏草の　残り香をさがしている

ころがる鉛筆の芯に
皺だらけの便箋が　息をふきかえし

囁やきはショパンにとけて
宛先のないことだまの嘘と
滅びの誘惑に抗がいながら
星座のてらすみちがひらく

ダークグレイの外套に
ひうひう　絲はしょ在なげ
朝《あした》の風は終末のにおいがして
蔓草が　復活のすきを狙《うかが》っている

空には貨物列車と平行にゆく

輸送機の白
隠世《かくりよ》からの　かなしい聲と
溢れようとするいのちの翳　外套の絲
　いま　ふたつの方《はこ》に託されて

——そう
雲ひとつない天蓋と
堤にあそぶ　小禽たちのきいたのは
あの日　溢流路の　湿りゆくおと

アトモスフィア

昔むかし西の舟のりたちは
星の文字で天候をよんでいたという
／星の入東風《いりごち》は、初冬の北東風

地に落ちる影はひとの聲ににて
駅前広場　噴水の音はいほえなす

夜の気《アトモスフィア》／体は　ゆらぎ
音をもたない母さんに

少女は手ゆびの文字で
――あのひとに、尋ねてみよう
――劇場は、どちらですか?

、だって
少女はくちびるをひらきとじ
ゆびさきに言葉を光らせ
母さんはその光に
眩しそうにうなずいている

風がビュッと舟《まち》をゆらし
少女のほどけた襟巻は
路辺に咲く　あかい花

ちいさな罪をかくすように
手わたすと気《アトモスフィア》／体は　ゆらり

あゝ　すばる
うつつの夜を照らさねば
まちびとは
滅《カ》び《ナ》の地《ン》をさがしつづける

――劇場は、どちらですか？
母娘のきえゆく舟《まち》で
肩にふれるあなたにふりむく

――まった？

あとがき

初夏の朝、窓を開けると潮の匂いがした。知多半島の内海で、学生時代の四年間を過ごした。講義は夜間だったから、アルバイトのない日はひとりで海に行った。YAMAHA・メイト50に乗り、湾岸線に沿って師崎方面へと向かう。誰もいない丘の上で、ジーンズのポケットから百円ライターとくしゃくしゃになった煙草を取り出し、口にくわえる。海は凪ぎ、陽光できらきらと輝いている。岬にせまる、海と空に向けて、煙を吐き出す。ため息に似た、雲。海は無言だった。卸しの牛乳配達の仕事は軽トラックで、やはり知多の湾岸線を行ったり来たりした。帰りの夕焼けは美しかったが、海は沈黙していた。数ヶ月だが、一度だけ冬の奥田で、海苔の養殖のアルバイトをした。沖では、先刻まで凪いでいた海が急にしけ、風雨、時には雪に見舞われながら、綱に繁殖した重く黒いかたまりを船に引っ張り上げた。ゴムのツナギには水が入り、船は激しく揺れた。そのときも海は、何も言わなかった。数十年の沈黙があった。やがて記憶の皮がめくれ、痛みとともに海が語り始める。詩の言葉で語りかけてくる。通勤電車のなかで、「記憶硝子」に指を滑らせ、その痛みを文字に起こす。
――そして、夜がくるたび、ビューグルがなる。

「詩と思想」二〇一九年四月号で、生まれて初めて投稿欄に投稿し、原田道子氏の選で入選した。それから本格的に詩作を始めた。本書は、入選作を中心に、二〇一九年から二〇二〇年に書かれた詩をまとめたものである。本書の出版にあたって、詩人・原田道子氏からは、一方ならぬご尽力をいただいた。一篇一篇、作品の細部から全体の構成までのアドバイスには学ぶこと多く、修正のたびに、詩が前へ動きだした。原田氏との出逢いがなければ、詩集を世に出すなど想像もできなかっただろう。出版にあたり原田道子氏はじめ、土曜美術社出版販売の高木祐子社主、装丁の高島鯉水子氏には大変お世話になりました。この場をお借りし、心より感謝申し上げます。

二〇二一年六月

篠崎フクシ

著者略歴
篠崎フクシ（しのざき・ふくし）

1969年生まれ
東京都在住
高等学校教諭
小説『明滅する世界の縁』『揚羽蝶の愁訴』
　「熱帯林」（『文芸思潮』銀華文学賞奨励賞）他
所属誌「void Ⅱ」

詩集　ビューグルがなる

発　行　二〇二一年九月三十日
著　者　篠崎フクシ
装　丁　高島鯉水子
発行者　高木祐子
発行所　土曜美術社出版販売
〒162-0813　東京都新宿区東五軒町三—一〇
電　話　〇三—五二二九—〇七三〇
ＦＡＸ　〇三—五二二九—〇七三二
振　替　〇〇一六〇—九—七五六九〇九
印刷・製本　モリモト印刷
ISBN978-4-8120-2642-7　C0092